GUÍA DE LECTURA

Escrita por Elena Pinaud
Traducida por Laura Soler Pinson

After 1

de Anna Todd

Entiende fácilmente la literatura con

ResumenExpress.com

www.resumenexpress.com

ANNA TODD

BLOGUERA Y ESCRITORA ESTADOUNIDENSE

- **Nacida en 1989 en Ohio (Estados Unidos)**
- **Algunas de sus obras:**
  - la serie de novelas *After*, traducida al español en 2014:
    - *After 1*
    - *After 2: En mil pedazos*
    - *After 3: Almas perdidas*
    - *After 4: Amor infinito*
  - un *spin-off* (serie derivada) en 2015:
    - *After 0: Antes de ella*

Anna Todd, estadounidense, es una joven bloguera de éxito que se dio a conocer gracias a la página web Wattpad. A través de esta red social, en la que los usuarios pueden escribir y compartir sus textos, esta gran amante de las fanficciones (*fanfictions* en inglés) y de las historias de amor decide probar suerte en el género y empieza a escribir la serie *After*, capítulo tras capítulo. Sus textos son acogidos rápidamente con gran entusiasmo por unos lectores con los que se comunica sistemáticamente y cuyos comentarios y deseos tiene en cuenta.

La joven es también una apasionada de las *boys bands*, sobre todo del grupo anglo-irlandés One Direction. Precisamente se inspira en sus miembros para crear a los personajes principales de las novelas de la serie *After*. Sus libros, verdaderos superventas traducidos a 34 idiomas, le han hecho alcanzar la fama mundial.

AFTER 1

AMOR Y TRAICIÓN

- **Género:** novela
- **Edición de referencia:** Todd, Anna. 2014. *After 1*. Traducido por Marisa Rodríguez y Vicky Charques. Barcelona: Planeta, colección *Planeta Internacional*
- **Primera edición:** 2014
- **Temáticas:** amor, iniciación al erotismo y a la sexualidad, traición, vida universitaria estadounidense

En 2013, Anna Todd publica *After 1* a medida que va escribiéndolo en Wattpad. El texto recibe inmediatamente el apoyo de millones de lectores en línea, que siguen cada día la tormentosa relación amorosa de sus protagonistas, Tessa y Hardin. Para los dos personajes, nada será igual después (*after* en inglés) de su encuentro. Cautivado por los giros del relato, el lector está impaciente por descubrir si lograrán superar los obstáculos provocados por sus caracteres opuestos.

A la luz del alcance de su éxito, Anna Todd decide publicar su texto en papel en 2014. El libro, cuya estructura se ve influida por las modalidades de publicación de Wattpad, se compone de 97 capítulos relativamente cortos. Los diálogos, cortos y vivos, con un campo léxico en ocasiones muy directo, dan ritmo y un carácter realista al relato.

Más de 20 países han comprado los derechos de publicación de este superventas, del que ya se prepara una adaptación para el cine.

RESUMEN

LA TRAICIÓN

Theresa Young, a la que todo el mundo llama Tessa, es una joven estudiante estadounidense de 18 años. Al final de la novela, Tessa descubre una terrible verdad sobre el chico de quien se ha enamorado perdidamente en la universidad, y con quien piensa haber creado una relación auténtica, sobre todo ahora que acaban de irse a vivir juntos a un piso, fuera del campus.

Efectivamente, Hardin ha apostado con sus amigos que Tessa se entregaría a él por completo y que tendría su primera experiencia sexual con él. La joven escucha esta revelación poco antes de Navidad por boca del propio Hardin, a quien empujan a confesar en un bar Molly y otros participantes de la apuesta: Jace, Nate, Zed, Steph y Tristan. Se le había ocurrido la idea durante una fiesta en el campus, cuando Tessa había confesado que era virgen. Entonces, había lanzado la apuesta sin pensar que caería en su propia trampa y que acabaría enamorándose de ella.

Tessa, destrozada por esta confesión, parte de manera precipitada, acompañada por Zed, bajo la mirada desamparada de Hardin, que se había arrodillado para pedirle perdón.

Solo en el segundo tomo sabremos cuál es el futuro de la relación.

TESSA Y LA VIDA UNIVERSITARIA

La historia de los dos enamorados nace entre las paredes de la Universidad de Washington Central. Tessa, buena estudiante, ha trabajado duro para acceder a esta prestigiosa universidad, y ha obtenido una beca y un préstamo de estudios mínimo para financiar su carrera.

Cuando descubre el campus y su habitación se lleva una gran decepción, puesto que se había imaginado un universo totalmente diferente. Las duchas son mixtas, y tiene que enfrentarse con una compañera de habitación poco recomendable (usa ropa provocativa, lleva tatuajes y tiene el pelo teñido de rojo), como sus amigos. Esta es, al menos, la opinión rotunda de su madre; aun así, Tessa sí que desea darles una oportunidad antes de pedir que le cambien de habitación.

Apasionada por la literatura, muy organizada, brillante en el instituto y criada por una madre estricta, Tessa tiene ya planeado su futuro profesional y personal: se sacará una buena carrera, encontrará un trabajo en el mundo de la edición —esto lo logrará gracias al padre de Hardin—, y se casará con su novio, Noah, un año más joven que ella, y con quien sale desde hace dos años. Igual de puritano que ella, Noah es tranquilizador y también un buen estudiante. Como ella, trabaja duro para ser aceptado en la Universidad de Washington y se le adivina una carrera profesional brillante.

Pero los años de universidad harán que los proyectos de la joven pareja se tambaleen cuando Tessa se quede prendada de Hardin, contra el que Noah no es rival. Aun así, este último le promete a la joven su apoyo para cuando lo necesite.

Steph, la compañera de habitación de Tessa, la introduce en el mundo del campus: maquillaje, fiestas, alcohol, chicos que encuentra simpáticos, como Tristan, Nate, Zed y Logan, o desagradables, como Jace o Dan.

Landon, uno de sus compañeros de la clase de literatura, se convierte en su amigo. Tessa descubre que él conoce a Hardin, ya que el padre de este último va a casarse con la madre del primero. Landon se muestra a menudo dispuesto a ser el paño de lágrimas de la joven cuando esta lo necesita por culpa de Hardin.

TESSA Y HARDIN

Los inicios de la relación se remontan a poco tiempo después de que Tessa empiece su primer año en la Universidad de Washington.

Y eso que la primera vez que ve a Hardin Scott, uno de los amigos de su compañera de habitación, le causa mala impresión: es maleducado (no sale de la habitación cuando Tessa se quiere cambiar, entra sin llamar a la puerta y sin saludar), está tatuado y lleva piercings. Se burla de su manera de vestir, estricta (falda hasta las rodillas y camisa ancha) y de su obsesión por programar actividades. La provoca a menudo y considera que es incapaz de dejarse llevar. Para callarle, ella decide participar en las fiestas de su fraternidad (organización de estudiantes universitarios), beber, jugar a *Verdad o desafío*, y besar a chicos.

Tessa se da cuenta rápidamente de que se siente atraída por Hardin, a pesar de que tiene muchas cosas que no le gustan. De hecho, él tampoco es insensible al carisma de la joven, puesto que la invita a ir a un lago, donde le hace vivir su primera experiencia erótica y la besa en varias ocasiones. A menudo, tras estas escenas, abandona a Tessa sin darle más explicaciones.

Hardin le da celos dejándose ver con Molly, una de sus exnovias, mientras que, por otra parte, él le prohíbe a Tessa que se acerque a su amigo Zed —que estaría dispuesto a tener una relación más íntima con la joven—o a cualquier otro chico del campus. De hecho, Tessa realiza unas prácticas en la editorial de un amigo de Ken, el padre de Hardin, y cuando uno de los empleados, Trevor, intenta aproximarse a ella, Hardin se muestra particularmente hosco. Además, si bien después del primer beso le dijo a Tessa que no dejara a su novio del instituto, Noah, más tarde le exige que le cuente la verdad y que rompa esa relación. Noah acepta y se mantiene fiel a Tessa. Mientras que esta se va a acercando cada vez más a Hardin, su madre la visita a menudo para intentar convencerla, sin éxito, de que renuncie a Hardin y de que retome el noviazgo con Noah.

Tessa y Hardin se van abriendo el uno al otro poco a poco y descubren que tienen puntos en común: su pasión por la literatura y su pasado como hijos abandonados por sus respectivos padres y criados por madres que trabajan duro. Se confiesan su amor mutuo y, gracias a Tessa, Hardin retoma el contacto con su padre, Ken, que es el rector de la universidad, con la futura esposa de este, Karen, y con su hijo, Landon.

Pero este cuadro idílico se derrumbará tras la confesión de
la traición de Hardin...

TESSA YOUNG

Esta joven de 18 años, cuyo nombre real es Theresa, ha sido
criada de manera estricta por su madre, y solo sabe de su
padre que era un alcohólico y que las abandonó cuando ella
era todavía una niña.

La que era una chica casta con su primer novio, Noah, se
convierte en una joven sensual y lúbrica con Hardin. Este
último le cambia radicalmente la vida en varios aspectos:

> «Tengo planeado todo mi futuro. "Lo tenías planeado",
> me recuerda mi subconsciente. Lo tenía todo planeado
> hasta que conocí a Hardin. Ahora mi futuro cambia
> constantemente. [...] Que hayamos hecho el amor nos ha
> unido, en cuerpo y alma, con un cordón invisible. Que mis
> planes hayan cambiado es para bien..., o eso creo» (Todd
> 2014, cap. 79).

Tras haberle conocido, cambia su manera de vestir y su com-
portamiento. La Tessa tímida se convierte en provocativa
en escenas con un erotismo atrevido. La que se levantaba
todos los días a las seis y programaba el día con antelación
empieza a desoír su lado organizador y por fin se atreve a
enfrentarse a su madre cuando esta quiere obligarla a rom-
per con Hardin.

Poco a poco, se acostumbra a la vida universitaria que al

principio tanto le desagradaba, se compra un coche y deja a Noah: le da la espalda a todo aquello que había planeado para el futuro.

A pesar de esto, su interés por la literatura sigue siendo igual de intenso: va a clase de filología y, gracias a Ken, obtiene unas prácticas remuneradas en la editorial Vance.

HARDIN SCOTT

Este joven estudiante inglés es la encarnación del *bad boy*, con sus tatuajes (que a Tessa le encantan, en particular, el que representa el infinito) y sus piercings. Vive en una fraternidad, en una habitación en la que no deja entrar a nadie, salvo a Tessa, por sus pesadillas recurrentes. Le revela el origen de esos sueños: cuando era niño, vio cómo violaban a su madre unos hombres a los que su padre, alcohólico, había provocado. De hecho, la relación con su progenitor, Ken, es tensa, y no parece querer arreglar la situación. Compara el modo de vida lujoso de su padre con las dificultades que atraviesa su madre, que se ha quedado en Inglaterra.

Es camaleónico: puede ser a la vez seductor y romántico, pero también cruel y socarrón. Para él también hay un antes y un después de Tessa, puesto que intenta encontrar la estabilidad junto a la joven. «Tú... haces que quiera ser buena persona. Quiero ser bueno por ti, Tess» (Todd 2014, cap. 30), le confiesa. Él, que jamás decía «te quiero», ni siquiera a su madre, ahora lo hace a menudo con su novia. Tessa es la primera chica a la que él le da permiso para que entre y duerma en su habitación. A pesar de su juventud, muestra su deseo de vivir en pareja con la joven.

Su biblioteca es impresionante, y Tessa se entera de que también ha trabajado en la editorial Vance antes de aceptar un trabajo con otro editor, puesto que está mejor pagado y tiene la posibilidad de trabajar desde casa.

LOS AMIGOS Y LOS NOVIOS

Alrededor de la pareja formada por Tessa y Hardin giran una serie de personajes de su edad que pertenecen en su mayoría al mismo mundo universitario.

- **Noah.** Tiene un año menos que Tessa, y es la figura del yerno ideal: serio, recto, trabajador, educado. Cumple demasiado con las exigencias de la madre de la joven, y se muestra igual de crítico con los disgustos de su novia, hasta convertirse en un «hermanito pequeño que se chiva de todo lo que hago» (Todd 2014, cap. 14). Sus besos, castos, no le provocan emoción alguna a Tessa, sobre todo después de probar los de Hardin, más apasionados. Se atreve a enfrentarse a este último, pero tras la elección de Tessa, desaparece amargamente, prometiéndole a la joven que seguirán siendo amigos.
- **Steph**. Esta joven provocativa y tatuada tuvo una relación con Hardin, pero parece querer ser amiga de Tessa, a quien le da consejos sobre ropa y maquillaje. Tessa admira mucho la relación que la joven mantiene con Tristan, un amigo del grupo. Tiene gestos muy tiernos con Steph, incluso delante de los demás, mientras que Hardin se abstiene de mostrarlos: «Tristan está sentado en la cama, mirándola con adoración. Ojalá Hardin me mirase a mí de ese modo» (Todd 2014, cap. 58).

- **Zed**. Este amigo de Hardin se muestra cortés con Tessa, la chica que le gusta y en quien ha causado una buena primera impresión. «Un chico muy atractivo con la piel aceitunada me tiende la mano y estrecha la mía. La tiene algo fría por la bebida que estaba sosteniendo, pero su sonrisa es cálida» (Todd 2014, cap. 7). De hecho, intenta iniciar una relación con ella después de que Hardin la haya dejado: la invita a una hoguera, le besa la mano e intenta besarla en la boca, pero no le impone nada cuando ella se escapa para encontrarse con Hardin. Se pelea con este último, pero no parece que alguno de los dos quiera explicarle los motivos a Tessa.
- **Landon**. El hijo de la pareja del rector de la universidad es muy tranquilo y estudioso, y recuerda mucho a Noah, puesto que a él también se le intuye una gran carrera profesional. Parece estar muy enamorado de su novia, Dakota, que vive en Nueva York.
- **Molly**. Esta estudiante pelirroja es una de las exnovias de Hardin. Intenta por todos los medios hacerle daño a Tessa y ponerla celosa.

LOS PADRES DE LOS PROTAGONISTAS PRINCIPALES

- **La madre de Tessa**. Esta madre soltera es muy coqueta, a pesar de sus ingresos modestos. «Mi madre está tan perfecta que asusta, como siempre. No se le ha corrido ni un poco el lápiz de ojos del que suele abusar, y lleva los labios pintados de rojo, sedosos y perfectos, y el pelo rubio recogido y en su sitio; casi parece un halo alrededor de su cabeza» (Todd 2014, cap. 91). Ya ha planeado el futuro de su hija, e intenta controlarlo imponiéndole sus propias decisiones, tanto a nivel universitario como a nivel personal. «Noah te quiere y sé que tú lo quieres a él. Ahora déjate de rebeldías absurdas y ven conmigo» (Todd 2014, cap. 92), le dice a Tessa cuando se entera de que se ha mudado con Hardin.

- **Ken**. El padre de Hardin es un exalcohólico, que les abandona a él y a su madre cuando Hardin es todavía un niño. Hoy en día, es el rector de la universidad, vive en una gran casa y está a punto de casarse con la dulce Karen, que se muestra siempre considerada y conciliadora con Hardin. Ha logrado vencer a sus viejos demonios y quiere acercarse a su hijo, así que lo invita a cenar y le reserva una de las habitaciones en su nueva casa. Es «alto y delgado, como él. Sus ojos tienen la misma forma, aunque son marrón oscuro en lugar de verdes. Aparte de eso, son polos opuestos» (Todd 2014, cap. 44).

CLAVES DE LECTURA

LA REDACCIÓN 2.0

Este relato fue escrito por la autora en un *smartphone* y fue publicado en Wattpad, una plataforma canadiense para compartir textos en línea en la que los miembros valoran un texto o un autor. Esto le permite a Anna Todd intercambiar constantemente opiniones con los lectores y los fans. Gracias a esta interacción permanente, continúa la historia y construye sus personajes en función de los comentarios y de las expectativas de los lectores.

Podría decirse que *After* se publica como un «folletín», puesto que el sistema de publicación en línea de los textos implica que se compartan de manera regular capítulos cortos que se concentran en la historia y en los personajes, y que se tengan en cuenta los comentarios de los primeros e-lectores, que participan en cierta manera en la redacción de la trama. En una entrevista que Anna Todd concede a la revista *Elle*, la escritora explica, por ejemplo, que utiliza los comentarios de los lectores para construir la relación entre Tessa y Hardin o para describir físicamente a la joven. Otra característica en relación con la publicación en Wattpad por entregas: la mayoría de los episodios acaban con la protagonista haciendo un resumen de los acontecimientos y de sus sentimientos, mientras el lector espera al siguiente capítulo.

La autora toma conciencia del furor que causa su texto cuando ve que sus «seguidores» han creado perfiles de sus protagonistas en Twitter (red social que permite a sus usuarios compartir mensajes breves) y los utilizan para intercambiar puntos de vista sobre *After*. Así, esta novela tuvo una primera vida en Internet antes de que se publicara de manera más tradicional en papel.

LA FANFICCIÓN

After es una fanficción, es decir, una ficción escrita por un fan que gira en torno a un famoso, un libro, un personaje o un acontecimiento mediático, y que permite a su autor imaginar lo que le habría gustado leer en una obra dedicada al objeto de su pasión. En este caso, para el personaje de Hardin, Anna Todd se inspira claramente en Harry Styles (nacido en 1994), líder del grupo británico One Direction.

Las fanficciones, como *Cincuenta sombras de Grey* (2012), escrita origen basándose en *Crepúsculo* (2005-2008) antes de convertirse por derecho propio en una novela, u otras inspiradas en *Harry Potter* (1997-2007), *Percy Jackson* (2005-2010), *El señor de los anillos* (1954-1955) o *Los juegos del hambre* (2008-2010), estimulan la imaginación de los blogueros, que proponen sus propias versiones de estos relatos en diferentes plataformas.

Aunque *After* es una fanficción, a Harry Styles, el famoso que sirve de modelo para el personaje de Hardin, no se le reconoce claramente, salvo cuando la autora habla de su apariencia física. En este sentido, podemos encontrar algunos indicios, como los mechones del personaje o sus tatuajes. Además, las iniciales del protagonista son las mismas que las del cantante.

El género de la fanficción impone algunos aspectos estilísticos:

- **la identificación**. Los personajes son lo suficientemente «comunes» como para que los lectores puedan identificarse con ellos. Asimismo, el libro juega con la proyección de los deseos de la autora y de los lectores, representados por el personaje de Tessa;
- **el erotismo**. Aunque no se trate exactamente de una característica propia del género, se presentan a menudo en este tipo de relatos escenas sensuales, muy explícitas;
- **la redacción en primera persona del singular**. Gracias al enfoque interno, el lector es testigo de las adversidades y de las experiencias de Tessa. Esto le da autenticidad al texto, que parece ser una confesión de la joven;
- **el suspense.** La escritora apuesta por la complementariedad de los polos opuestos para crear giros en la historia de amor de los protagonistas y mantener en vilo a los lectores. Tessa y Hardin son opuestos («En mi casa, los tatuajes y los piercings no son algo normal. Siempre he llevado el pelo peinado, las cejas depiladas y la ropa limpia y planchada. La verdad es ésa», Todd 2014, cap. 5), pero son también totalmente complementarios («Somos así: rabia y pasión y, ahora, también amor», Todd 2014, cap. 68). Sus enfrentamientos y sus reconciliaciones marcan el ritmo de la narración.

DE LA MITOLOGÍA ANTIGUA AL *NEW ROMANCE*

Si bien *After* es una novela popular y contemporánea, lo

cierto es que podemos encontrar algunos temas que ya eran característicos de grandes corrientes o de obras cumbre de la historia de la literatura, y que se emplean todavía a día de hoy como técnicas de construcción de la narración.

La mitología griega

Los conflictos que los protagonistas mantienen con sus padres nos recuerdan a temas famosos de la mitología griega. La evolución de Tessa nos recuerda al complejo de Electra, la heroína que para vengar a su padre, mata a su madre. Del mismo modo, Tessa es una joven que obedece a su madre y que no sabe nada sobre su padre, se emancipa y llega a reprocharle a su madre que haya echado a su padre de su vida y que no guarde contacto con ella. Por su parte, Hardin también tiene un conflicto con su padre, al que culpa de la violación de su madre. Esto nos recuerda al complejo de Edipo, otro héroe de la mitología griega, que mata a su padre y se casa con su madre.

El Clasicismo

Al igual que ocurre en las obras cumbre del Clasicismo, los protagonistas tienen un fuerte carácter, les mueven grandes pasiones y tienen que tomar decisiones morales esenciales:

- Tessa tiene que elegir entre el amor devastador que siente por el oscuro Hardin y la razón, que la empuja a quedarse con Noah, el modelo de estabilidad que aprueba su madre. Al final, gana la pasión;
- por su parte, Hardin debe tomar una decisión que implica una ruptura con su estilo de vida desordenado y con su

imagen de chico malo, para poder construir una relación estable con la chica a la que quiere y convertirse en alguien bueno para ella, aun cuando le hace daño constantemente escondiéndole secretos.

El amor de novela

Tessa piensa que las películas que veía cuando era adolescente se han materializado con Hardin, puesto que él le hace vivir una historia de amor digna de una heroína romántica, Emma Bovary (protagonista de la novela *Madame Bovary*, 1857). Pero mientras que la heroína de Gustave Flaubert (escritor francés, 1821-1880) se afanaba en construir una visión del mundo de acuerdo con sus lecturas novelescas y sufre una gran desilusión por el desajuste entre la fantasía y la realidad, Tessa parece plenamente satisfecha con Hardin, haciendo abstracción de las diferencias. Sin embargo, el final del primer tomo de *After* no supone el fin de la historia, y el lector no sabe aún si llegarán a tener un final feliz.

Además, la escritora manifiesta su voluntad de acercar sus héroes a personajes destacados de la literatura inglesa, como Catherine y Heathcliff, protagonistas de la novela *Cumbres borrascosas* (1847), de Emily Brontë (mujer de letras británica, 1818-1848), o Rochester y Jane, del relato *Jane Eyre* (1847), de Charlotte Brontë (mujer de letras británica, 1816-1855), su hermana. En estas dos novelas del siglo XIX, los personajes se aman, se dejan, son cómplices, pero puede mostrarse también crueles y hacerse daño. Estos amores tempestuosos nos recuerdan a la relación tormentosa que mantienen Tessa y Hardin. Tessa, como amante de la literatura, expresa claramente esta similitud tras una pelea con su novio:

> «Me siento un poco estúpida porque yo también empiezo a compararnos a Hardin y a mí con los personajes de la novela. La diferencia es que Heathcliff amaba a Catherine con locura, tanto que aguantó que se casara con otro hombre antes de decidirse a casarse él con otra mujer. Hardin a mí no me quiere de esa manera. No me quiere y punto. Así que no tiene derecho a compararse con Heathcliff» (Todd 2014, cap. 63).

El *new romance*

El género del romance, esta novela de amor popular que procede de la cultura anglosajona, analiza la evolución fluctuante de las relaciones sentimentales entre dos protagonistas y, por lo general, siempre tiene un feliz desenlace. Entre los representantes más prolíficos, encontramos a autoras como Barbara Cartland (escritora inglesa, 1901-2000) y Danielle Steel (escritora estadounidense, nacida en 1947).

After tiene los rasgos de una novela romántica y, además, también tiene los del *new romance* (o novela erótica) por su contenido sexual muy explícito (se nos da siempre todo lujo de detalles del acto físico entre Tessa y Hardin, con términos precisos y con lenguaje oral). Este género se dirige a un público joven y principalmente femenino, como ocurre con las lectoras de *Cincuenta sombras de Grey*, de E. L. James (mujer de letras británica, nacida en 1963), que deja una marca en el *new romance* por su éxito monumental.

Pero los pasajes eróticos no impiden el análisis de los

sentimientos de los personajes, en particular de los de la protagonista, y de lo que el acto sexual desencadena en su fuero interno. Y es que, al final, lo que importa en el *new romance* no es el acto erótico en sí, sino las vivencias, los sentimientos y su lado realista. Por ejemplo, los secretos de Hardin tienen un gran impacto en su historia de amor con Tessa, ya que esta se muestra turbada al enterarse de que todo formaba parte de una apuesta.

> «Se me revuelve el estómago y el dolor de la traición de Hardin me desgarra por dentro y me debilita por segundos. Estoy segura de que si Zed dice una sola palabra no quedará nada de mí. Necesito saber por qué Hardin ha hecho lo que ha hecho, pero me aterra pensar lo que puede pasar si escucho hasta el último detalle. No he sentido nunca un dolor como éste y no sé muy bien qué hacer con él, si es que puedo hacer algo» (Todd 2014, cap. 97).

After tiene tanto éxito porque, además, todas las características de los personajes son contemporáneas e identificables: su vocabulario, su situación familiar, académica o profesional. Los personajes y sus deseos, los altibajos en su relación, sobre todo después de una tórrida escena de amor, despiertan la curiosidad del público, que quiere saber cómo sigue la historia.

PISTAS PARA LA REFLEXIÓN

ALGUNAS PREGUNTAS PARA PROFUNDIZAR EN SU REFLEXIÓN...

- ¿Cómo explica usted el hecho de que Tessa perdone a Hardin en repetidas ocasiones?
- Imagine cómo continúa la historia después de que Tessa se entera de la apuesta.
- Tessa y Hardin pueden compararse con los personajes de las novelas de Charlotte y Emily Brontë. ¿Por qué? ¿Podría establecer una comparación con otros personajes de la literatura?
- ¿Podríamos considerar a Tessa como una Emma Bovary contemporánea? Argumente su punto de vista.
- Construya el esquema narrativo de esta novela.
- ¿Cuáles son las características principales de las fanficciones, presentes en *After*?
- ¿Cómo explica el florecimiento de las novelas de fanficción en la actualidad? ¿Se trata de un fenómeno social? Dé su opinión y argumente la respuesta.
- Si quisiese escribir una fanficción, ¿qué personaje/libro/famoso elegiría? Explique su respuesta.
- ¿Cuáles son para usted las ventajas y los inconvenientes de escribir un libro a través de las redes sociales, como hizo Anna Todd con *After*?
- ¿Cuáles son las razones del enorme éxito de esta novela? Justifique su respuesta.

¡Su opinión nos interesa!
¡Deje un comentario en la página web de su librería en línea,
y comparta sus favoritos en las redes sociales!

PARA IR MÁS ALLÁ

EDICIÓN DE REFERENCIA

- Todd, Anna. 2014. *After 1*. Traducido por Marisa Rodríguez y Vicky Charques. Barcelona: Planeta, colección Planeta Internacional.

ESTUDIOS DE REFERENCIA

- Petit, Elodie. 2015. "*After*: Anna Todd, portrait d'une auteure créée par Internet". *Elle*. 4 de junio. Consultado el 13 de octubre de 2016. http://www.elle.fr/Loisirs/Livres/News/After-Anna-Todd-portrait-d-une-auteure-creee-par-Internet-2956562
- Ados.fr. 2015. "Anna Todd, l'auteure d'*After* en interview: 'J'ai un faible pour Tom Hardy!'". *Public Ados*. 13 de enero. Consultado el 13 de octubre de 2016. http://livres.ados.fr/anna-todd/interviews/6597-anna-todd-after-interview.html

www.resumenexpress.com

ISBN ebook: 9782806279989

ISBN papel: 9782806282514

Depósito legal: D/2016/12603/261

Cubierta: © Primento

Libro realizado por Primento, *el socio digital de los editores*